हिन्द पॉकेट बुक्स

पर्यावरण के प्रहरी

कहते हैं कि भारत गाँवों में बसता है। किंतु हमारे गाँव आज अशिक्षा, अज्ञानता, अंधविश्वास जैसी बुराइयों के केंद्र बन चुके हैं। ये बुराइयाँ समाज में अनैतिकता, अनाचार, दुराचार पैदा करती हैं, जिससे देश आगे बढ़ने के बजाय पीछे जाता है। साथ ही ये बुराइयाँ प्रदूषण में भी बढ़ोतरी करती हैं। कैसे, इन बाल-नाटकों में यही बताया गया है और साथ में उन्हें दूर करने के उपाय भी बताए गए हैं। वह भी हँसी-हँसी में, बहुत ही रोचक तरीके से।

तो इन्हें पढ़कर गाँव वालों के साथ-साथ आप भी बनिए पर्यावरण के प्रहरी, और साथ ही अंत में दी गई प्रश्नोत्तरी हल करके अपनी परीक्षा आप लीजिए।

ज्ञानवर्धक एवं मनोरंजक बाल–साहित्य

पर्यावरण के प्रहरी

डॉ. विनोद कुमार
डॉ. विपुल विनोद

हिन्द पॉकेट बुक्स
पेंगुइन रैंडम हाउस इम्प्रिंट

हिन्द पॉकेट बुक्स

यूएसए | कनाडा | यूके | आयरलैंड | ऑस्ट्रेलिया | सिंगापुर
न्यू ज़ीलैंड | भारत | दक्षिण अफ़्रीका | चीन

हिन्द पॉकेट बुक्स, पेंगुइन रैंडम हाउस ग्रुप ऑफ़ कम्पनीज़ का हिस्सा है,
जिसका पता global.penguinrandomhouse.com पर मिलेगा

पेंगुइन रैंडम हाउस इंडिया प्रा. लि.,
चौथी मंजिल, कैपिटल टावर -1, एम जी रोड,
गुड़गांव 122 002, हरियाणा, भारत

पेंगुइन
रैंडम हाउस
इंडिया

प्रथम संस्करण हिन्द पॉकेट बुक्स द्वारा 2015 में प्रकाशित
यह संस्करण हिन्द पॉकेट बुक्स में पेंगुइन रैंडम हाउस द्वारा 2022 में प्रकाशित

10 9 8 7 6 5 4 3 2

इस पुस्तक में व्यक्त विचार लेखक के अपने हैं, जिनका यथासंभव तथ्यात्मक सत्यापन किया गया है, और इस संबंध में प्रकाशक एवं सहयोगी प्रकाशक किसी भी रूप में उत्तरदायी नहीं हैं।

ISBN 9789353491949

मुद्रकः रेप्रो इंडिया लिमिटेड

www.penguin.co.in

MIX
Paper from responsible sources
FSC® C047271

This is a legitimate digitally printed version of the book and therefore might not have certain extra finishing on the cover.

क्रम

हमारी बात 7

कम उम्र में शादी 9

आदमियों की गिनती 15

क्रांति नगर का पागलखाना 23

अँधेरा ढोने वाला गाँव 35

राजा ढपोरशंख की कचहरी 39

तीसरी आँख 54

प्रश्नोत्तरी 62

हमारी बात

आज चारों ओर आगे बढ़ने की आपाधापी मची हुई है। व्यक्ति, समाज और देश के विकास के लिये नई-नई योजनाएं बनायी जाती हैं। काम होता है लेकिन धरातल की सच्चाई कुछ और ही होती है। आज भी हमारा एक समाज, जिसे हम अपनी भाषा में ग्रामीण समाज या गाँव कहते हैं, काफी पिछड़ा हुआ है। कई तरह की सड़ी-गली मान्यताएं, कुरीतियाँ अभी भी मौजूद हैं। यदि हमें सबका विकास करना है तो सभी को साथ लेकर चलना होगा। क्योंकि एकाकी विकास लाभप्रद नहीं होता है। आज के बच्चे आने वाले समय में इन बुराईयों से जूझेंगे। बच्चे इन सामाजिक कुरीतियों को भविष्य में खतम कर सकें। अतः उन्हें मनोरंजक नाटकों के माध्यम से कुछ जानकारियाँ देने का प्रयास किया गया है। आशा है इन नाटकों से बच्चों को सीख मिलेगी।

डॉ. विनोद कुमार

डॉ. विपुल विनोद

कम उम्र में शादी

गाँव नन्दीपुर के पुराने जमींदार दादा शिवराम की हवेली में आज काफी चहल पहल थी। जमींदारी खतम हुए एक जमाना बीत गया लेकिन अभी भी रहन-सहन, रोब-दाब, लेन-देन, रीति-रिवाज आदि में जमींदारी का पूरा असर था।व उत्सव जैसा माहौल होता भी क्यों नहीं? आज उनके पुत्र का तिलक जो है। गाँव के बुजुर्ग और मुखिया होने के नाते सभी छोटे बड़े गाँववासी जमींदार साहब को दादा कहते हैं। वधू पक्ष वाले भी बराबर के ही हैसियत दार हैं। वे भी गाँव जनकपुर के पुराने जमींदार थे। उनका नाम जंगी सिंह है। चौपाल में गाँव के ठेकेदार और सेठ लक्ष्मीचन्द्र एवं पुरोहित पंडित जटाशंकर भी मौजूद हैं। आपस में शादी, बारात, लेनदेन, दहेज, शान शौकत आदि पर चर्चा चल रही है। पुरोहित जी वर पक्ष की शान में धारा प्रवाह बोले जा रहे हैं। दादा शिवराम के चेहरे पर मुस्कान फैली हुई है।

तभी बम-बम भोले, हर-हर महादेव की गगनभेदी आवाज सुनाई दी। आगे-आगे स्वामी बालानन्द जी और पीछे-पीछे गाँव के बच्चे, बुजुर्ग सभी चले आ रहे थे। स्वामी जी चौपाल के पास आकर रुक गये। स्वामी जी पूरे गाँव के पूज्य थे। सभी उनका आदर करते थे। आज काफी दिनों के बाद स्वामी जी गाँव में पधारे थे। वे जब भी

आते हैं इसी हवेली की चौखट पर अपना आसन लगाते हैं। गाँव और आस-पास के लोगों की बातें, दुःख, तकलीफें सुनते हैं। सभी को उपचार बताते हैं। आशीर्वाद देते हैं और भक्ति-मार्ग के प्रवचन सुनाकर अच्छे मार्ग पर चलने की सीख देते हैं।

स्वामी जी को देखकर चौपाल में बैठे सभी लोग स्वामी जी की अगवानी के लिए उनके पास पहुँचे। सबसे पहले जमींदार साहब ने चरण स्पर्श किया और हाथ जोड़कर बोले- स्वामी जी की जय हो। अहो भाग्य हमारे, जो आज शुभ घड़ी में स्वामी जी के चरण हमारी कुटिया में पड़े। हम तो धन्य हो गये। महाराज आसन ग्रहण करें। स्वामी जी की चरण वन्दना हुई। स्वामी जी ने जल ग्रहण किया और आसन पर विराजमान हुए।

स्वामी जी - कहो पण्डित जी, आज यह उत्सव कैसा? (पुरोहित की ओर मुखातिब होकर)

पुरोहित - महाराज की जय हो। आज जमींदार साहब के पुत्र का तिलक है।

स्वामी जी - तिलक से तुम्हारा आशय वाग्दान संस्कार से है।

पुरोहित - जी महाराज । शादी तय हो चुकी है।

स्वामी जी - यह गाँव के ठेकेदार, सर्वेसर्वा और सेठ लक्ष्मीचन्द्र यहाँ क्या कर रहे हैं?

पुरोहित - महाराज की जय हो। जमींदार साहब ने शादी की सभी तैयारियों की जिम्मेदारी लक्ष्मीचन्द्र जी को ही सौंपी है।

स्वामी जी - पण्डित जी आपने वर और वधू की कुण्डली तो मिला दी होगी।

पुरोहित - जी महाराज! हमारा काम ही यही है। वर और वधू के 28 गुण मिलते हैं। बड़ा ही शुभ विवाह होगा।

स्वामी जी - वर वधू की आयु कितनी है पण्डित जी?

पुरोहित - लड़के की उम्र 14 वर्ष और लड़की की उम्र 12 वर्ष है महाराज। बड़ी अच्छी उम्र में शादी हो रही है। बहुत सुन्दर और मनोहर जोड़ी है।

स्वामी जी - वर-वधू की शिक्षा-दीक्षा कैसी है?

जंगी सिंह - (तभी बीच में कन्या के पिता जंगी सिंह प्रवेश करते हैं और नतमस्तक होकर प्रणाम करते हैं।)

स्वामी जी - जीते रहो।

- महाराज शिक्षा दीक्षा का हम लोग क्या करेंगे? हमारे पास किस चीज की कमी है। लड़का लड़की राज करेंगे। जंगी सिंह बोले।

दादा शिवराम - हाँ, महाराज, हमारे पास इतनी हवेलियाँ हैं। इतने जंगल, पेड़ पौधे, खेत खलिहान, पशु सम्पत्ति है। चाहे जितना खर्च करें, धन दौलत की कमी नहीं होगी। इतने नौकर चाकर, कारिन्दे और हलवाहे हैं। महाराज हम लोगों का कोई काम नहीं रूकता। हाकिम हुक्मरान भी हमारी बात पहले सुनते हैं। हमारे समधी जी तो हमसे भी बड़े जमींदार रहे हैं और भारी दान दहेज भी दे रहे हैं।

स्वामी जी - कुछ देर के लिये गम्भीर हो गये। फिर दोनों जमीदारों की ओर मुखातिब होकर बोले - आप लोग कभी गाँव के उस पार गये हो।

दादा शिवराम - क्यों नहीं? स्वामी जी गाँव के चारों ओर हमारा ही साम्राज्य है।

स्वामी जी - हमारा मतलब दुनिया से है। अर्थात क्या आप लोगों ने दुनिया में और कुछ भी देखा है?

जमींदार - नहीं, स्वामी जी।

स्वामी जी - क्यों पुरोहित जी और ठेकेदार साहब, आप लोगों का क्या हाल है?

ठेकेदार - स्वामी जी की जय हो। हम तो आप के गुलाम हैं महाराज। हमें अपनी ठेकेदारी और हिसाब किताब से और पुरोहित जी को सबकी कुण्डली मिलाने से फुर्सत ही कहाँ है?

(स्वामी जी ने अपने मन में विचार किया कि यह लोग अभी अन्धेरे में हैं। और पुरानी दकियानूसी बातों में चिपके हुए हैं। इन्हें कम उम्र में शादी और दान दहेज जैसी कुरीतियों की शिक्षा देनी होगी। और शिक्षा देने का यह काम हम जैसे संन्यासियों और फकीरों को करना चाहिए ताकि समाज सुधरे। उन्होंने मन ही मन में एक प्लान बनाया।)

स्वामी जी - आप लोगों के भरे पूरे परिवार हैं। किसी का कोई काम रुकने वाला नहीं है।

पुरोहित - आपके आशीर्वाद से हम लोगों के यहाँ सब चकाचक है। केवल आपकी कृपा बनी रहे।

स्वामी जी - क्यों न हम लोग पहले गाँव के उस पार चलें?

जंगी सिंह - महाराज, हमारी बिटिया की शादी का क्या होगा?

दादा शिवराम - हाँ महाराज, हमारे कुंवर की शादी!

स्वामी जी - चिन्ता क्यों करते हो? तब तक हम लौट आएँगे।

[देशाटन का कार्यक्रम तय हो गया। अगले दिन स्वामी जी आगे-आगे चलते हैं। पीछे से दोनों जमींदार, ठेकेदार और पुरोहित जी अनुसरण करते हैं। साथ में पड़ाव डालने का सामान और दो नौकर भी ले लिये गये।]

स्वामी जी ने कितनी चतुराई से दो नाबालिगों की शादी रुकवा कर उन्हें ज्ञानवर्द्धक कार्य में लगा दिया।

सबक : इस कथा से हमें सबक सीखना चाहिए कि :

- कम उम्र में बच्चों की शादी नहीं होनी चाहिए। शादी के समय लड़की की उम्र कम से कम 18 वर्ष और लड़के की उम्र कम से कम 21 वर्ष होनी चाहिये।
- हमें दहेज जैसी कुरीति से बचना चाहिए।
- बच्चों को पहले शिक्षित करें फिर शादी करें।

आदमियों की गिनती

यात्रा शुरू हो गई। चलते-चलते काफिला एक गाँव से गुजर रहा था। वहाँ एक स्थान पर काफी भीड़ थी। स्वामी जी ने लोगों से पूछा कि क्या बात है? लोगों ने बताया कि तहसीलदार साहब आए हैं। गाँव में आदमियों की गिनती चल रही है। स्वामी जी भी तहसीलदार के पास बैठ गये। तभी तहसीलदार का स्वर गूंजा –

तहसीलदार - तुम्हारा नाम

एक आदमी - जी कलुवा

तहसीलदार - पिता का नाम

जी, दुखिया

तुम्हारा नाम

जी, झल्लू

पिता का नाम

दुखिया

तुम्हारा नाम

शंकरवा

पिता का नाम

दुखिया

तुम्हारा नाम
मंगलवा
पिता का नाम
दुखिया
तुम्हारा नाम
महुवा
पिता का नाम
दुखिया
तुम्हारा नाम
बचानी
पिता का नाम
दुखिया
तुम्हारा नाम
ननकवा
पिता का नाम
दुखिया
तुम्हारा नाम
दनिया
पिता का नाम
दुखिया
तुम्हारा नाम
सउनिया

पिता का नाम

दुखिया

तुम्हारा नाम

जमनिया

पिता का नाम

दुखिया

तुम्हारा नाम

भदइयाँ

पिता का नाम

दुखिया

तुम्हारा नाम

चैतुआ

पिता का नाम

दुखिया

तभी तहसीलदार झुंझलाकर गरजा ।

तहसीलदार - यह दुखिया कौन है?

दुखिया - जी हजूर, मैं हाजिर हूँ।

तहसीलदार - अभी तुम्हारे कितने बच्चे गिनने से रह गये हैं?

दुखिया - जी मालिक, अभी तीन लड़के और पाँच लड़कियां और हैं।

तहसीलदार - यह तुमने क्या किया? पूरा गाँव बसा दिया है।

दुखिया - हजूर, इसमें मेरा क्या कसूर है? बच्चे तो भगवान की देन हैं। इसमें हम गरीब लोग क्या कर सकते हैं?

तहसीलदार - केवल बच्चे पैदा करने में ही भगवान को पूँछते हो या और भी किसी काम में भगवान को याद करते हो।

दुखिया - हजूर, सब ऊपर वाले की किरपा है।

तहसीलदार - तुमने इतने बच्चे क्यों पैदा किये?

दुखिया - हजूर गुस्सा थूँक दीजिये।

इस गाँव में सब एक से बढ़कर एक हैं। सभी के लगभग इतने ही बच्चे हैं। और हजूर हम क्या करें? पुरखों ने जब हमारी शादी की तो मेरी उमर चौदह साल थी, मेरी घरवाली की उमर 13 साल थी। तब से हम बच्चे ही पैदा कर रहे हैं। हम गरीब अनपढ़ तो यही मानते हैं कि बच्चे भगवान की देन हैं। हम पहले ही 11 भाई और 4 बहनें हैं।

हजूर एक बात और है। हम लोगों को बताया गया है कि जितने बच्चे होंगे, उतना ही अच्छा है। एक तो कमाने वाले ज्यादा होंगे, आमदनी बढ़ेगी, हमारे घर की तरफ कोई टेढ़ी नजर नहीं उठायेगा। और हाँ हजूर, सरकार को चपरासी, अर्दली, सिपाही, फौज आदि के लिये आदमी भी तो चाहिए। हम बच्चे नहीं पैदा करेंगे तो इन सब कामों के लिये आदमी कहाँ से आएंगे।

तहसीलदार - माथा पकड़कर, हे भगवान! इनको कौन समझाए?

दुखिया - मालिक हम समझ गये। आप क्यों इतनी खोजबीन

कर रहे हो? शायद आप को आदमियों की जरूरत है या फिर आप के कम बच्चे हैं। मालिक चिन्ता न करो, पाँच, सात बच्चे तो मैं ही भेज सकता हूँ।

तहसीलदार - (मुस्कराये और बोले) यह बात नहीं है दुखिया। तुम लोग अंधेरे में हो। ऐसा करो हम थोड़ी देर आराम करते हैं। तुम सब गाँव वालो को यहीं बुला लो।

दुखिया - अरे कलुवा और सउनिया, दोनों दौड़कर जाओ और सब गाँव वालो को बुला लाओ। और तुम चैतुआ दौड़कर, जाओ अपनी महतारी से थोड़ा सा गुड़ माँग लाओ। हजूर को पानी तो पिलाओ।

(थोड़ी देर में गाँव के काफी लोग इकट्ठे हो जाते हैं। तहसीलदार उठकर बैठ जाते हैं, और सबकी ओर मुँह करके कहते हैं)

तहसीलदार - भई गाँव वालो, अभी तो मैं दुखिया के परिवार की ही गिनती नहीं कर पाया तो पूरे गाँव का क्या हाल होगा? दुखिया बता रहा है कि गाँव में लगभग सभी के इतने और इससे भी ज्यादा ही बच्चे हैं।

गाँव वाले - इसमें हजूर के परेशान होने की क्या बात है? हम अभी हिसाब लगा देते हैं।

तहसीलदार - नहीं भई, हिसाब की बात नहीं है। देखो जमीन तो उतनी ही है जितनी तुम्हारे बाप दादे की थी। जमीन को तो खींचतान करके बढ़ाया नहीं जा सकता। जब इतने बच्चे पैदा करोगे तो जमीन के कितने टुकड़े होंगे? और खेती कैसे होगी? एक-एक मीटर के खेत हो जाएंगे। तुम्हारे बच्चे क्या खायेंगे? कम बच्चे होंगे

तो उनकी पढ़ाई-लिखाई हो सकती है। तन्दुरुस्त रहेंगे। खुशहाली रहेगी।

गाँव वाले - हजूर, मरने पर अर्थी उठाने के लिये भी तो चार आदमी चाहिए।

तहसीलदार - मैं जीने की बात कर रहा हूँ, तुम मरने तक का ठेका ले रहे हो। चलो तुम्हारी ही बात मान लेते हैं कि अर्थी उठाने के लिये चार आदमी चाहिए, तो बच्चों की संख्या चार तक रखो। वैसे तो सरकार दो ही बच्चे पैदा करने के लिए कहती है। (तहसीलदार सोचते हैं कि चलो 14 से 4 तक तो आये।)

गाँव वाले - हजूर है तो बड़ा मुश्किल काम। फिर भी आपके जाने के बाद हम गाँव की पंचायत करेंगे और गाँव वालों को मनायेंगे कि उनके बड़े बच्चे अब चार बच्चों से ज्यादा पैदा न करें।

तहसीलदार - इसमें पंचायत की जरूरत तो नहीं है और है भी तो पंचायत करते रहना। कम से कम दुखिया के बच्चे तो हमारे सामने वादा कर सकते हैं कि ये चार बच्चों से ज्यादा पैदा नहीं करेंगे।

(दुखिया के सभी बच्चे आपस में सलाह मशविरा करते हैं और तहसीलदार की बात मान लेते हैं।)

(तहसीलदार मुस्कराते हुए कहते हैं, चलो "देर आये दुरुस्त आये।"

स्वामी जी का पहला पड़ाव उसी गाँव में डाला जाता है। स्वामी जी अपने साथियों से कहते हैं देखा कम उम्र में शादी का क्या परिणाम होता है?

सबक : इस कहानी से हमें सबक लेना चाहिए कि

- एक दम्पत्ति के दो या तीन बच्चे ही अच्छे होते हैं ताकि उनकी परवरिश अच्छी तरह से हो सके।
- पुरानी और सड़ी गली मान्यताओं से बचना चाहिए।
- बच्चों को शिक्षित कराना चाहिए ताकि वे अच्छी बातें सीख सकें।

क्रान्ति नगर का पागलखाना

अगले दिन प्रातः काल स्वामी जी सभी के साथ आगे की यात्रा शुरू करते हैं। स्वामी जी का अगला ठहराव क्रान्ति नगर में होता है।

(क्रान्ति नगर के पागलखाने में भर्ती होने वालों की संख्या दिनोदिन बढ़ती जा रही है। पागलखाने में मरीजों की इतनी अधिक संख्या हो जाती है कि उसका खर्च चलाना कठिन हो रहा है। यहाँ तक कि पागलों के भूखों मरने की नौबत आ जाती है। पागलखाने का अफसर निर्णय लेता है कि पागलों की हरकतों को क्यों न जनता के बीच प्रस्तुत किया जाए? ताकि जनता का मनोरंजन भी हो और पागलों की सहानुभूति में जनता से कुछ चन्दा भी मिल जाए। इसी आधार पर पागलखाने के अधिकारी द्वारा क्रान्ति नगर शहर में ढ़िढोरा पिटवाया जाता है।)

स्थान : शहर का एक चौराहा

ढिंढोरावाला - भाइयो आओ, पागलखाने चलें। और ... (वाक्य पूरा होने से पहले ही लोग उसे घेर लेते हैं और हंसते हैं)

भीड़ में से एक - क्यों भाई, पागलखाने से भाग कर आए हो क्या?

ढिंढोरावाला - नहीं, भाइयो। मेरी पूरी बात तो सुनो।

भीड़ में से दूसरा - अब सुनने को क्या रह गया है? क्या हम पागल हैं जो पागलखाने चलें?

ढिंढोरावाला - नहीं भाइयो, आपके मनोरंजन के लिये दिन बुद्ध वार, तारीख एक अप्रैल समय 12 बजे दोपहर को एक शो का आयोजन किया गया है। इसमें पागलों की असली हरकतें पेश की जाएंगी। प्रवेश निःशुल्क होगा। यदि आप पागलों के लिये कुछ दान करेंगे तो आपको भी स्टेज पर हरकतें करने का अवसर दिया जाएगा।

[भीड़ ठहाका लगाकर हंसती है।]

ढिंढोरावाला - अच्छा भाइयो। फिर मिलेंगे।

भीड़ में तीसरा - कहाँ मिलोगे?

ढिंढोरावाला - पागलखाने में।

(भीड़ ठहाका लगाकर हंसती है।)

स्थान : पागलखाने का हाल

हाल खचाखच भरा हुआ है। हाल में स्वामी जी भी अपने साथियों के साथ मौजूद हैं। स्टेज पर एक किनारे डॉ. पीड़ाहरण बैठे हैं। कम्पाउण्डर दर्दराम उनकी सहायता कर रहा है।

डॉक्टर - भई दर्दराम, आज पागलखाने के कितने मरीजों को दर्द है।

[हाल में ठहाका लगता है।]

कम्पाउण्डर - हजूर, बेचारे दर्द के मारे ही तो पागल हुए हैं। आप जितनों की पीड़ा हर सकें, उतना ही पुण्य होगा।

डॉक्टर - पहले नम्बर के मरीज को भेजो। और देखो तुम भी उसके साथ रहना। मुझे इनसे डर लगता है। (हरे पत्ते लपेटे, हरी पत्तियों का मुकुट लगाए और हरे पत्तों के जूते पहने एक मरीज पेश होता है।)

डॉक्टर - तुम्हारा नाम।

मरीज - जी, जंगली प्रसाद।

[हाल में ठहाका लगता है।]

डॉक्टर - तुम्हारी वेश भूषा भी तो जंगली है। क्या सीधे, जंगल से आए हो?

मरीज - डॉक्टर साहब हम सभी जंगलों में ही तो रहते हैं। कोई पेड़ों के जंगल में, कोई महलों के जंगल में, कोई पैसों के जंगल में।

डॉक्टर - अच्छा छोड़ो। बताओ तुम्हें क्या मर्ज है?

मरीज - जी, मुझे 'जंगल लव' हो गया है।

[हाल में ठहाका लगता है।]

डॉक्टर - तुम कैसे पागल हुए?

मरीज - डॉ. साहब मैं पागल कहाँ हूँ? कौन कहता है कि मै पागल हूँ? मुझे तो पागल बनाया गया है।

डॉक्टर - पूरी बात बताओ, ताकि हम रोग की जड़ तक पहुँच सकें।

मरीज - डॉ. साहब, मैं हरीनगर का रहने वाला हूँ। मेरे गाँव के चारों ओर बहुत सुन्दर जंगल था। एक दिन सुबह हमने देखा कि एक ठेकेदार ने पेड़ों की कटाई शुरू करा दी। गाँव के हम सभी नवयुवकों ने ठेकेदार का विरोध किया। क्योंकि जंगल हमारी रोजी रोटी और सुन्दर जीवन का आधार था। ठेकेदार ने चालाकी की। मेरे कुछ साथियों को शराब और पैसे का लालच देकर अपनी ओर कर लिया। मैं पढ़ा लिखा था। मुझे मालूम था कि पेड़ कटने के बाद कितना प्रदूषण फैलेगा? धरती बंजर हो जाएगी। लोगों का और पशु पक्षियों, जीव जन्तुओं का जीना दूभर हो जायेगा। मैंने ठेकेदार का विरोध जारी रखा। ठेकेदार के आदमी जिस पेड़ को काटते थे मैं उसी पेड़ से चिपक जाता था। मैं अकेला था। ठेकेदार ने गाँव वालों के साथ मिलकर मुझे पागल घोषित करा दिया और इस पागल खाने में बन्द करा दिया। यहाँ से पागलो के लिए जो कम्बल मिलता है वह भी ठेकेदार ही ले गया।

डॉक्टर - तुम बार-बार क्या कह रहे हो। क्या अब जंगल नहीं रहा?

मरीज - अब तो हमारे गाँव के आस पास जंगल नाम

की कोई चीज नहीं रह गई। शहर में ठेकेदार की कोठी जरूर खड़ी हो गई है।

डॉक्टर - दर्दराम, जंगली प्रसाद को इन्जेक्शन रूम में बैठाओ और दूसरे नम्बर के मरीज को भेजो।

(सफेद कागज लपेटे, कागज के पंख लगाए, सिर में घड़ा रखे एक स्त्री डॉक्टर पीड़ाहरण के सामने पेश होती है।)

डॉक्टर - तुम्हारा नाम।

मरीज - जी, मेरा नाम जलपरी है। (हाल में ठहाका लगता है)

डॉक्टर - लेकिन, परियाँ तो देवलोक में रहती हैं। तुम यहाँ कैसे आ गई? (हाल में फिर ठहाका लगता है)

मरीज - डॉक्टर साहब मैं आई नहीं हूँ, लाई गई हूँ।

डॉक्टर - अच्छा छोड़ो, बताओ तुम्हें क्या मर्ज है?

मरीज - डॉक्टर साहब मुझे "जलपीड़ा" का रोग है।

डॉक्टर - यह तो कोई नया रोग है। पूरी बात बताओ। मैं रोग की जड़ तक पहुँचना चाहता हूँ।

मरीज - डॉ. साहब, मैं खुशगवार गाँव की निवासी हूँ और मैं एक दिन नदी में स्नान के लिये गई थी। वहाँ पर मैंने मछलियों को तड़पते देखा। ध्यान से देखने पर पता चला कि नदी के पानी में कारखानों से निकलता कचरा कूड़ा, गन्दा पानी, चमड़े के कारखानों से निकला कच्चा चमड़ा और रसायन भरे पड़े हैं। पानी बदबू मार रहा था। मेरा अन्तर्मन चीत्कार उठा। क्या यही भागीरथ

हस्पताल

की पतित पावनी गंगा है? पैसे की चकाचौंध में लोगों की बुद्धि मारी गई है। मेरा अपराध इतना ही था कि मैं सड़कों में निकल कर लोगों को चेताने लगी। उन्हें एहसास होने लगा कि उनकी गंगा मैली हो रही है। लोगों ने विरोध में स्वर उठाये। इन स्वरों की जड़ में मुझे पाकर कल कारखाने वालों ने मुझे पागल घोषित करवा दिया गया और मैं आपके सामने हूँ।

डॉक्टर - दर्दराम, इन्हें भी इन्जेक्शन रूम में बैठाओ और अगले मरीज को भेजो।

[अगला मरीज बड़ी गुमसुम हालत में आता है। अब हाल में ठहाके लगने बन्द से हो गये हैं।]

डॉक्टर - तुम्हारा नाम।

मरीज - पता नहीं।

डॉक्टर - कहाँ के रहने वाले हो?

मरीज - पता नहीं।

डॉक्टर - क्या मर्ज है?

मरीज - पता नहीं।

डॉक्टर - तो फिर यहाँ क्यों आए हो?

मरीज - पता नहीं। (हाल में ठहाका लगता है)

डॉक्टर - दर्दराम, इसे बाहर निकालो। यह पागल नहीं लगता।

मरीज - डॉक्टर साहब मैं भी तो यही कह रहा हूँ कि मैं

पागल नहीं हूँ। लेकिन कोई मानता ही नहीं।

डॉक्टर - तुम्हें यहाँ किसने भर्ती कराया?

मरीज - जी, पहाड़ों पर पत्थर खोदने वाले ठेकेदार ने।

डॉक्टर - क्यों?

मरीज - मैंने पहाड़ों के खोदने का विरोध किया था। मैंने लोगों को समझाया कि पहाड़ खोदने से जंगल खतम हो जाएंगे। धूल उड़ेगी। पत्थर टूटने से प्रदूषण फैलेगा। पानी नहीं बरसेगा। फसलें नहीं होंगी। ठेकेदार ने लोगों को समझाया कि यह पत्थर बेकार हैं। लेकिन बाहर जाकर किसी के कुछ काम आ जाएँगे और आप लोगों को रोजगार मिल जाएगा। मालामाल हो जाओगे। उसने लोगों को समझाया कि तुम्हारे इस आदमी का दिमाग खराब हो गया है। यह आप लोगों को मालामाल नहीं देखना चाहता है। और मुझे यहाँ भर्ती करा दिया। ठेकेदार तो वास्तव में मालामाल हो गया। लेकिन गाँव वालों की जिन्दगी पहले से भी बदतर हो गई है।

डॉक्टर - दर्दराम, इन्हें भी इन्जेक्शन रूम में बैठाओ। और अगले मरीज को भेजो।

[अगला मरीज आता है जो घूंघट किये हुए है।]

डॉक्टर - तुम्हारा नाम।

मरीज - कलुआ।

डॉक्टर - तुम्हें क्या मर्ज है?

मरीज - डॉक्टर साहब, मुझे नजराना मर्ज है।

डॉक्टर - यह कौन सा मर्ज है? मैने तो पहली बार सुना है।

मरीज - तुम कैसे डॉक्टर हो, जो इतने गम्भीर मर्ज को नहीं जानते? इसी मर्ज की खातिर मुझे पागलखाने आना पड़ा।

डॉक्टर - पूरी बात बताओ।

मरीज - जब मैं ही सब कुछ बता दूँगा तो तुम क्या करोगे? चलो फिर भी, बता देता हूँ। तुम भी क्या याद करोगे कि किसी पागल से सामना हुआ था?

[इससे पहले कि कलुआ अपनी बात पूरी करे, एक दूसरा मरीज दौड़ता हुआ आता है और चिल्लाता है। डॉक्टर साहब पहले मुझे देखो।]

डॉक्टर - तुम कैसे अन्दर आ गये?

मरीज - अपने पैरों से चल कर। (हाल में ठहाका लगता है)

डॉक्टर - तुम्हें क्यों जल्दी है? पहले कलुआ को अपनी बात कहने दो।

मरीज - नहीं डॉक्टर साहब, पहले मुझे देखो। कहीं इन पागलों को देखते-देखते आप भी पागल हो गये तो मेरा क्या होगा?

[हाल में फिर ठहाका लगता है।]

वैसे भी मैं और कलुवा दोनों एक ही जानवर के सताये हुए हैं।

डॉक्टर - बताओ क्या बात है?

मरीज - डॉक्टर साहब मैं और कलुआ दोनों सेठ चूसामल की कपड़ा फैक्ट्री में काम करते थे। एक दिन सेठ अपनी बीबी के साथ कार में बैठ कर कहीं जा रहा था। कार से इतना धुँआ निकल रहा था कि कार के पीछे दिखाई नहीं दे रहा था। कलुआ ने केवल कार की ओर हाथ करके हम लोगों से इतना ही कहा कि देखो सेठ कितना धुआँ फैला रहा है। सेठ ने कार से उतर कर कलुआ को मारा और कहा कि मेरी बीबी को ऊँगली दिखलाता है। नजर लगाता है। साला पागल हो गया है। और पागल खाने भिजवा दिया। और मेरा कसूर इतना था कि फैक्ट्री में काम करते-करते मैं बीमार हो गया। प्रदूषण के कारण मुझे कैन्सर हो गया। मैंने सेठ से हरजाना माँगा। सेठ ने मुझे भी यहाँ भिजवा दिया।

डॉक्टर - दर्दराम इन सबको इन्जेक्शन रूम में ले चलो। इन सबको प्रदूषण का मर्ज है। इन्हें पर्यावरण सुरक्षा का इन्जेक्शन लगाने की व्यवस्था करो।

दर्दराम - डॉक्टर साहब, यह इन्जेक्शन तो स्टोर में नहीं है।

[तभी हाल में शोर उठा। एक स्वर उभरा। डॉक्टर साहब, इन्हें दवा

की नहीं, दुआ और सहयोग की आवश्यकता है। यह तो पर्यावरण के प्रहरी हैं। इन्होंने तो हम लोगों की आँखे खोल दी। आज से हम लोग इनके साथ हैं। यह हमारे अगुआ रहेंगे। हम सब मिलकर प्रदूषण फैलाने वालों का विरोध करेंगे। उनका सामाजिक बहिष्कार करेंगे। हम गंगा मैली नहीं होने देंगे। जंगल कटने नहीं देंगे। इस पागलखाने को बन्द करो। इसकी कोई जरूरत नहीं है। हम सब इनके साथ जनजागरण को निकलेंगे। सभी ने स्वर में स्वर मिलाया और बोले हम सब साथ हैं।]

सीख : इस कथा से हमें सबक मिलता है कि हम सभी को हर हाल में पर्यावरण की रक्षा करनी चाहिये। प्रदूषण फैलाने वालों का बहिष्कार हो, उन्हें सबक सिखाया जाए और हम भी प्रण करें कि हर हाल में पर्यावरण की रक्षा करेंगे और प्रदूषण नहीं फैलाएँगे।

अँधेरा ढोने वाला गाँव

अगले दिन स्वामी जी का काफिला आगे चल देता है। सांझ होने को है। स्वामी जी अगले गाँव में रूक जाते हैं। रात्रि विश्राम से पूर्व स्वामी जी देखते हैं कि गाँव के नौजवान फावड़े, टोकरियां लेकर एकत्र हो रहे हैं। स्वामी जी ने सोचा, कोई खुदाई का काम करना होगा।

स्वामी जी - इतनी रात में खुदाई का काम करने क्यों जा रहे हो? प्रातःकाल कर लेना। यह तो विश्राम का समय है।

गाँव वाले - हमारी खुदाई का काम रात में ही हो सकता है, दिन में नहीं।

स्वामी जी - (आश्चर्य से) ऐसा कौन सा काम है जो रात में ही हो सकता है?

गाँव वाले - हम अन्धेरा खोदते हैं और अन्धेरा ढोते हैं।

स्वामी जी - यह कौन सी खुदाई और ढुलाई है?

गाँव वाले - स्वामी जी, हम लोग रात भर अन्धेरा न ढोयें तो सुबह उजाला कैसे होगा?

स्वामी जी - तुम लोग अन्धेरा कैसे ढोते हो?

गाँव वाले - हम अभी दिखाते हैं। (उनमें से एक अन्धेरी कोठरी

में घुसा। फावड़े से झूठा ही अन्धेरा टोकरी में भरा और बाहर फेंक आया। बताया कि हम रात भर यही करते हैं।)

स्वामी जी - तुम्हारे गाँव में कोई पढ़ा-लिखा आदमी है?

गाँव वाले - स्वामी जी हम तो सभी अनपढ़ हैं। हाँ अभी गाँव में रामकिशुन के लड़के की शादी हुई है। उसकी घरवाली शायद दो चार दर्जे पढ़ी है।

स्वामी जी - बुलवाओ।

(एक नई नवेली दुल्हन आती है। स्वामी जी की पैलगी करती है। स्वामी जी आशीर्वाद देते हैं। पूछते हैं कि बेटी तुमने देखा है कि गाँव वाले क्या करते हैं?)

बहू - महाराज मैं कहती हूँ कि अन्धेरा ढ़ोना बन्द करो। मैं अन्धेरा भगा देती हूँ। तो मेरी सास मुझे डाटती है। कहती है बहू तो पागल है। पुरखों के काम में बाधा डालती है। चार अक्षर पढ़ गई है तो दिमाग आसमान में है।

स्वामी जी - चलो तुम अन्धेरा भगाओ। मैं तुम्हारे साथ चलता हूँ।

बहू घर में गई। रूई की बत्ती बनाई। तेल में भिगोकर जला दी। घर में प्रकाश फैल गया। अन्धेरा गायब हो गया। गाँव वाले देख कर दंग रह गये।

गाँव वाले - भई हम तो कई पीढ़ियों से अन्धेरा ढ़ोते आये हैं। अब रामकिशुन की बहू ने तो कमाल ही कर दिया। चुटकी में ही अन्धेरा भगा दिया।

स्वामी जी - देखा आप लोगों ने,

"पढ़ी लिखी लड़की रोशनी घर की।"

तुम भी अपने लड़के लड़कियों को पढ़ाओ। अनपढ़ रहना पाप है। गाँव वाले स्वामी जी को दण्डवत करते हैं और बच्चों को स्कूल भेजने का वादा करते हैं।

सीख - हमें इस कहानी से सबक मिलता है कि अनपढ़ रहना कितना बुरा है। न अच्छा सोच पाते, न अच्छी समझ आती है। कैसे समाज का विकास होगा? हमें प्रण करना होगा कि किसी को भी अनपढ़ नहीं रहने देंगे। देखो बच्चो, आपके आस-पास कोई अनपढ़ तो नहीं है। उसे पढ़ाओ। मजा आयेगा।

राजा ढपोर शंख की कचहरी

स्वामी जी का काफिला अगले दिन फिर चल देता है। चलते-चलते वे लोग चकाचक नगर पहुँचते हैं। काफिला विश्राम के लिये रूक जाता है। पता चलता है कि यहाँ का राजा मूर्खों का सरदार है। नाम है ढपोरशंख। अजब गजब तरीके से कचहरी चलाता है। स्वामी जी ने ढपोर शंख की कचहरी देखने का मन बनाया। अगले दिन स्वामी जी साथियों के साथ राजा ढपोर शंख की कचहरी में जाते हैं और दरबारियों के साथ बैठ जाते हैं।

दृश्य–एक

(चकाचक नगर में राजा ढपोरशंख का दरबार लगा हुआ है। दरबारी अपनी-अपनी कुर्सियों में बैठे हुए ऊंघ रहे हैं। तभी चोबदार घोषणा करता है। सावधान, महामहिम जहॉपनाह महाराजाधिराज पधार रहे हैं। सभी दरबारी खड़े होकर अभिवादन करते हैं और ऊँची आवाज में कहते हैं - महाराज की जय हो। राजा ढपोरशंख अपने सिंहासन पर बैठ जाते हैं।)

मंत्री - महाराज की जय हो। आज्ञा हो तो आज के मुकदमे पेश किए जाएँ।

राजा - पेश किए जाएँ।

मंत्री - महाराज, आज का पहला मुकदमा किन्हीं माता शबरी और चकाचक नगर के बीच है।

राजा - माता शबरी को पेश किया जाये।

शबरी - शबरी सेवा में हाजिर है महाराज।

राजा - मंत्री, शबरी का अपराध सुनाया जाये।

मंत्री - महाराज, शबरी का कहना है कि वह जंगल की माता है और चकाचक नगर के वन कर्मचारियों को जंगल नहीं काटने दे रही है, जबकि महाराज का आदेश है कि जंगल व पेड़-पौधे काट कर सफाई कर दी जाये। शबरी पेड़ों को अपना बच्चा बताती है और कर्मचारियों को काम नहीं करने दे रही है। इसीलिये शबरी को गिरफ्तार किया गया है।

राजा - शबरी माता, पहले तुम यह बताओ कि क्या मेरे लिये बेर लाई हो?

[दरबारी ठहाका लगाकर हँसते हैं और कहते हैं कि शबरी माता खुद सूखकर बेर जैसी हो गयी हैं। बेर लाना भूल गई होंगी।]

शबरी - महाराज, आपके कारिंदों ने जंगल साफ कर दिया है। अब बेर के पेड़ कहाँ हैं? अब तो आगे की पीढ़ी बेर के फल को भी नहीं देख पायेगी।

राजा - माता शबरी, तुम यह तो बताओ कि जंगल क्यों नहीं काटने दे रही हो? जंगल काटना हमारा हुक्म है। काम रोकने के लिये हम तुम्हें दंड देंगे।

शबरी - महाराज, यदि जंगल कट गये तो जब मेरे भगवान

राम वन आयेंगे तो मैं उन्हें बेर कहाँ से खिलाऊंगी? (दरबारी ठहाका लगाकर हँसते हैं और कहते हैं देखो शबरी के राम आयेंगे।) मैं जंगल की माता हूँ। पेड़ों के साथ-साथ जंगली पशु, पक्षी, जीव जन्तु सब मेरे बच्चे हैं। वे कहाँ रहेंगे? पेड़ पौधे नहीं रहेंगे तो हवा को कौन शुद्ध करेगा? पानी कैसे बरसेगा? धरती माता बंजर हो जायेगी। फल फूल और अनाज के बिना जनता भूखों मर जायेगी तथा भारी प्रदूषण फैलेगा।

राजा - (जोर से हँसते हुये) हम राजा हैं। हमारा हुक्म नहीं टलता। इस बुढ़िया का दिमाग खराब हो गया है यह बहकी-बहकी बातें करती है। इस बुढ़िया को कारागार में डाल दिया जाये और जंगल की कटाई चालू रखी जाये।

[तभी एक तीर सनसनाता हुआ आता है व राजा के सिंहासन व दरबारियों की कुर्सियों के एक-एक पैर कट जाते हैं। सभी गिर पड़ते हैं। चारों ओर भय छा जाता है। सभी एक-दूसरे की ओर भय से देखते हैं। तभी आकाशवाणी होती है। मैं शबरी का राम हूँ। हे मूर्ख राजा, जंगल काटने का यही परिणाम होगा। जब जंगल नहीं तो तुम्हारी कुर्सी भी नहीं। अब भी समय है। चेत जाओ।]

राजा - (कांपते हुए) नहीं, नहीं। हमें माफ किया जाये। अब हम न्याय करेंगे। (राजा चिल्लाता है) मंत्री!

मंत्री - जी महाराज!

राजा - हमारे राज्य में ढिंढोरा पिटवा दो कि आज से कोई भी जंगल नष्ट नहीं करेगा और पेड़-पौधे नहीं काटेगा।

किसी भी नगरवासी के घर में कोई पैदा होगा या मरेगा या कोई उत्सव होगा तो वह हर बार दस-दस पेड़ लगायेगा। तुरन्त आज्ञा का पालन हो।

मंत्री - जी महाराज! आज्ञा का पालन होगा।

राजा - अब आज का दरबार बर्खास्त किया जाता है। अब हम विश्राम करेंगे।

दूसरे दिन

(चकाचक नगर में राजा ढपोर शंख का दरबार लगा हुआ है। दरबारी अपनी-अपनी कुर्सियों में बैठे हुए ऊंघ रहे हैं। तभी चोबदार घोषणा करता है। सावधान, महामहिम जहाँपनाह महाराजाधिराज पधार रहे हैं। सभी दरबारी खड़े होकर अभिवादन करते हैं और ऊँची आवाज में कहते हैं - महाराज की जय हो। राजा ढपोर शंख अपने सिंहासन पर बैठ जाते हैं।)

मंत्री - महाराज की जय हो। आज्ञा हो तो आज के मुकदमें पेश किये जाएँ।

राजा - पेश किए जाएँ।

मंत्री - महाराज, आज का पहला मुकदमा चकाचक नगर की एक सास-बहू के बीच है।

राजा - दोनों को पेश किया जाये।

सास-बहू - महाराज की जय हो। हम सेवा में हाजिर हैं।

राजा - कहो! तुम लोगों का दरबार में क्या काम है? क्या चूल्हे चौके की आज हड़ताल है? या बच्चे पैदा करने की छुट्टी है। (दरबारी ठहाका लगाकर हँसते हैं।)

बहू - महाराज, की जय हो। मेरी रक्षा की जाये।

राजा - कहो! क्या कष्ट है?

बहू - महाराज अब तक मेरे 11 बच्चे हो चुके हैं। मेरी सास रोज मुझे प्रताड़ित करती है। कहती है कि मैने तो 24 बच्चे पैदा किये थे तू तो चकाचक नगर की कुतियों व सुअरियों से भी गई बीती है। (दरबारी ठहाका लगाकर हँसते हैं)

सास - महाराज की जय हो। मेरी बहू राजद्रोही है। महाराज आपका ही आदेश है कि 12 से कम बच्चे पैदा करना अपराध है। महाराज जब मै इसे दूधो नहाओ, पूतो फलो का आशीर्वाद देती हूँ तो यह लड़ने मरने को तैयार हो जाती है।

राजा - बहू को कुछ कहना है।

बहू - महाराज की जय हो। जब सभी लोग इतने बच्चे पैदा करेंगे तो वे क्या खायेंगे? धरती माता उनका भार कैसे उठायेगी? जनता के कोलाहल से ही इतना प्रदूषण फैलेगा कि धरती फट जायेगी और कुछ भी सुनाई नहीं देगा।

राजा - बच्चे पैदा करने का आदेश हमने दिया है। हम राजा हैं। हमारा हुक्म गलत कैसे हो सकता है? बहू को कारागार में डाल दिया जाये। इसने राजा की आज्ञा का उल्लंघन करने का साहस किया है और सास को राजकोष से 1000 स्वर्ण मुद्रायें दी जाँये। (दरबारी हँसते हैं और राजा की जय-जय कार करते हैं।)

[तभी अचानक भूकंप आता है और राजा तथा दरबारी अपने आसनों से गिर पड़ते हैं। और घबराहट में चिल्लाते हैं। आकाशवाणी होती है। मैं धरती हूँ। हे मूर्ख राजा, मैं जनसंख्या के भार से दबी जा रही हूँ। अगर ऐसी ही जनसंख्या बढ़ती रही तो मैं भी फटती रहूँगी और यही तुम्हारे विनाश का कारण होगा।]

राजा - आकाश की ओर देखकर, हम राजा हैं हमारा काम आज्ञा देना है। हमारे काम में विध्न पैदा क्यों कर रही हो?

आकाशवाणी - तुम राजा हो तो मैं भी धरती हूँ। मैने नमूना दिखा दिया है। भयंकर विनाश के लिये तैयार रहो।

राजा - (घबड़ा कर)। मुझे माफ करें माता। अब हम न्याय करेंगे। (राजा चिल्लाता है) मंत्री!

मंत्री - जी महाराज!

राजा - चकाचक राज्य में ढ़िढोरा पिटवा दो कि आज के बाद सभी नगरवासी केवल एक बच्चा पैदा करेंगे। दूसरे बच्चे के लिए दरबार से लाइसेंस लेंगे और तीसरा बच्चा पैदा होने पर उनकी सम्पत्ति छीन ली जायेगी और उन्हें देश निकाला दे दिया जायेगा।

मंत्री - जो आज्ञा महाराज!

राजा - आज का दरबार यहीं बर्खास्त किया जाता है। अब हम विश्राम करेंगे।

तीसरे दिन

(चकाचक नगर में राजा ढपोर शंख का दरबार लगा हुआ है। दरबारी

अपनी-अपनी कुर्सियों में बैठे हुए ऊंघ रहे हैं। तभी चोबदार घोषणा करता है। सावधान, महामहिम जहॉपनाह महाराजाधिराज पधार रहे हैं। सभी दरबारी खड़े होकर अभिवादन करते हैं और ऊँची आवाज में कहते हैं - महाराज की जय हो। राजा ढपोर शंख अपने सिंहासन पर बैठ जाते हैं।)

मंत्री - महाराज की जय हो। आज्ञा हो तो आज के मुकदमे पेश किए जाएँ।

राजा - पेश किए जाएँ।

मंत्री - महाराज, आज का पहला मुकदमा चकाचक नगर और किन्हीं गंगा देवी के बीच है।

राजा - अपराधी को पेश किया जाये। यह कौन है जिसने **चकाचक साम्राज्य को चुनौती दी है?**

गंगादेवी - महाराज की जय हो। मैं आपकी सेवा में हाजिर हूँ।

राजा - मंत्री! इनका अपराध सुनाया जाये।

मंत्री - महाराज यह अपने को गंगा माता और नदियों की रानी कहती हैं। इन्होंने चकाचक नगर का कूड़ा- करकट, गंदा पानी और यहाँ तक कि महाराज शवों को भी गंगा में बहाने से रोका है। यह अपराध है महाराज।

राजा - गंगा देवी, पहले तुम यह बताओ कि मेरे लिये गंगा जल लाई हो (दरबारी ठहाका लगाकर हँसते हैं और कहते हैं कि अब गंगा जल से सबके पाप धुलेंगे।)

गंगादेवी - महाराज की जय हो। अब गंगा जल कहाँ है? अब तो गंगा जल में कीड़े पड़ गये हैं। गंदगी बजबजा रही है। अब तो मैं स्वयं प्यासी हूँ। बदबू से नाक फटी

जा रही है। अगर इसी गति से नदियाँ प्रदूषित होती रहीं तो धरती वासी प्यासे मर जायेंगे।

राजा - (जोर से हँसता है) गंगा देवी का दिमाग खराब हो गया है। इन्होंने चकाचक नगर के वासियों को डराया है। भय का वातावरण बनाया है। इन्हें कारागार में डाल दिया जाये। (दरबारी ठहाका लगाकर हँसते हैं और न्याय के लिये राजा की जय-जयकार करते हैं।)

[तभी अचानक दरबार में कूड़ा-कचरा व बदबू भरा पानी भर जाता है और राजा तथा दरबारी डूबने उतराने लगते हैं। तभी आकाशवाणी होती है। हे मूर्ख राजा, यदि नदियों को गंदा करना बंद न हुआ तो यही दशा होगी। अभी कुछ नहीं बिगड़ा है, अब भी मान जाओ।]

राजा - (घबड़ा कर) हे आकाशवाणी वाले देवता, मुझे माफ किया जाये। अब हम न्याय करेंगे। (राजा चिल्लाता है) मंत्री!

मंत्री - जी महाराज!

राजा - चकाचक राज्य में ढिंढोरा पिटवा दो कि नगर से जितने भी नाले नदियों की ओर जाते हैं सभी में पानी साफ करने की चक्कियाँ लगा दी जाँये। सफाई से जो कूड़ा-करकट और गंदगी निकले उसे खेतों में डाल कर खाद बना दी जाये। कोई शव नदी में ना बहाया जाये। नदियों को गन्दा करने वालों को कठोर दण्ड दिया जाएगा। आज्ञा का पालन हो।

मंत्री - जो आज्ञा महाराज!

राजा - अब आज का दरबार बर्खास्त किया जाता है। अब हम विश्राम करेंगे।

चौथे दिन

[चकाचक नगर में राजा ढपोरशंख का दरबार लगा हुआ है। दरबारी अपनी-अपनी कुर्सियों में बैठे हुए ऊंघ रहे हैं। तभी चोबदार घोषणा करता है। सावधान, महामहिम जहाँपनाह महाराजाधिराज पधार रहे हैं। सभी दरबारी खड़े होकर अभिवादन करते हैं और ऊँची आवाज में कहते हैं - महाराज की जय हो। राजा ढपोरशंख अपने सिंहासन पर बैठ जाते हैं।]

मंत्री - महाराज की जय हो। आज्ञा हो तो आज के मुकदमें पेश किए जाएँ।

राजा - पेश किए जाएँ।

मंत्री - महाराज, आज का पहला मुकदमा चकाचक नगर और किन्हीं सूर्य नारायण के बीच है।

राजा - अपराधी को पेश किया जाये।

सूर्य नारायण - महाराज की जय हो। अपराधी हाजिर है।

राजा - मंत्री! इनका अपराध सुनाया जाये।

मंत्री - महाराज, ये अपने को सूर्य भगवान और प्रकाश का देवता बताते हैं।

राजा - सूर्य नारायण! पहले यह बताओ कि तुम हमारे लिये गरमी का क्या तोहफा लाये हो? (दरबारी ठहाका लगाकर हँसते हैं और कहते हैं कि सूर्य नारायण गरमी के तोहफे में तरबूज व खरबूजा पेश करेंगे।)

सूर्य नारायण - महाराज की जय हो। अब तो गरमी और प्रकाश ही बंद होने जा रहे हैं गरमी का तोहफा कैसा?

राजा - (चिल्लाकर) क्या बकते हो। तुम जनता को बहका रहे हो। जानते हो अफवाह फैलाने वालों को मैं कठोर दण्ड देता हूँ।

सूर्य नारायण - महाराज क्रोध न करें, मैं सच बोल रहा हूँ। अब तो मोटर गाड़ियों, कल कारखानों का धुँआ और पेड़ पौधों के कटने के कारण बंजर होती धरती से उड़ने वाली धूल ने आसमान को इतना गंदा कर दिया है कि सूर्य की किरणें भी धरती पर आने में बाधा महसूस कर रही हैं। महाराज इसी तरह प्रदूषण फैलता रहा तो एक दिन ऐसा भी आयेगा जब प्रकाश धरती पर नहीं पहुँचेगा और धरती का जीवन अस्त व्यस्त हो जायेगा। जनता त्राहि त्राहि करने लगेगी।

राजा - मंत्री! यह क्या बकवास हो रही है। हमारी समझ में कुछ नहीं आ रहा है।

मंत्री - महाराज! इनके बयान से तो चकाचक नगर की जनता भड़क जायेगी। यह राजद्रोही हैं। इन्हें कठोर दंड दिया जाये। (दरबारी भी कठोर दंड की माँग करते हैं।)

राजा - (जोर से हँसते हुए) हम राजा हैं। कल-कारखाने लगाना और राज्य की प्रगति करना हमारा काम है। यह हमारे काम में बाधा डाल रहा है। सूर्य नारायण को कारागार में डाल दिया जाये। (दरबारी खुश होते हैं और न्याय के लिये राजा की जय-जयकार करते हैं।)

[तभी एकाएक दरबार में अंधेरा छा जाता है। किसी को कुछ दिखाई नहीं देता। गरमी खत्म हो जाती है। और शरीर बर्फ के समान ठंड़े हो जाते हैं। दरबारी बचाओ-बचाओ चिल्लाने लगते हैं। तभी आकाशवाणी होती है। मैं सूर्य देवता हूँ। हे मूर्ख राजा, धुएँ और गंदी हवा को रोको। नहीं तो प्रकाश लुप्त हो जायेगा। श्वास लेना मुश्किल हो जायेगा और मानव जाति का विनाश होगा।]

राजा - (घबड़ा कर) हे आकाशवाणी के देवता मुझे माफ किया जाये। अब हम न्याय करेंगे। (राजा चिल्लाता है) मंत्री!

मंत्री - जी महाराज!

राजा - चकाचक राज्य में ढिंढोरा पिटवा दो कि हमारे राज्य में धुआँ और प्रदूषण फैलाने वाले कारखाने बंद कर दिये जाँये। कुटीर उद्योग धंधों और दस्तकारी उद्योगों को लगाया जाये। बिना हमारी आज्ञा के कोई अपना धुयें वाला वाहन न चलाये। सभी सरकारी वाहनों से यात्रा करें। प्रदूषण फैलाने वालों को तत्काल गिरतार किया जाए। तत्काल आज्ञा लागू हो।

मंत्री - जो आज्ञा महाराज!

राजा - अब आज का दरबार बर्खास्त किया जाता है। अब हम विश्राम करेंगे।

पांचवें दिन

[चकाचक नगर में राजा ढपोर शंख का दरबार लगा हुआ है। दरबारी अपनी-अपनी कुर्सियों में बैठे हुए ऊंघ रहे हैं। तभी चोबदार घोषणा

करता है। सावधान, महामहिम जहांपनाह महाराजाधिराज पधार रहे हैं। सभी दरबारी खड़े होकर अभिवादन करते हैं और ऊँची आवाज में कहते हैं - महाराज की जय हो। राजा ढपोर शंख अपने सिंहासन पर बैठ जाते हैं।]

मंत्री - महाराज की जय हो। आज्ञा हो तो आज के मुकदमे पेश किए जाएँ।

राजा - मंत्री अब हम मुकदमे सुनते-सुनते थक गये हैं। अब हम विश्राम चाहते हैं। (तभी बाहर से शोर उठता है और दरबान हाजिर होता है। दरबान को देखकर)

राजा - कहो! यह शोर कैसा?

दरबान - महाराज की जय हो। चकाचक नगर की जनता आपके दर्शन करना चाहती है।

मंत्री - महाराज आप विश्राम करें। मैं जनता से मिल लेता हूँ।

राजा - नहीं मंत्री! आज मैं जनता से स्वयं मिलूँगा। (और दरबान को आदेश देते हुए) जनता को हाजिर किया जाये।

(जनता आती है) महाराज की जय हो। हम लोग पिछले दिनों में हुये मुकदमों के फैसलों से बहुत खुश हैं। सारी जनता प्रदूषण से परेशान है। लेकिन मंत्री और दरबारियों के कारण हम अपनी परेशानी आप से नहीं कह सके। इन्होंने हमें आपकें दर्शन नहीं करने दिये। आज हम इनकी आज्ञा का उल्लंघन करके आपके दर्शनों को आये हैं। समय रहते आप ने अपनी प्रजा को बचा लिया। हम आप के आभारी हैं। आज हमें उत्सव मनाने की अनुमति दी जाये।

राजा - (मंत्री की ओर घूर कर) मंत्री! क्या यह सच है?

मंत्री - (अपना सिर झुका लेता है)

राजा - आज से मंत्री और दरबारियों को बर्खास्त किया जाता है। हम प्रतिदिन जनता से सीधे मिलेंगे। हमारे राज्य में अब कोई प्रदूषण नहीं फैलाया जायेगा। आज के उत्सव में हम भी शामिल होंगे। (राजा दरबार बर्खास्त कर देता है।)

[चकाचक नगर की जनता राजा की जय-जय कार करती हुई चली जाती है।]

स्वामी जी - हम लोग चकाचक नगर में कई दिन रुक लिये। अब हम लोगों को भी आगे चलना चाहिए। क्यों जमींदार साहब?

जमींदार - हाँ महाराज, जैसी आपकी आज्ञा।

सबक : इस कथा से हमें सबक मिलता है कि प्रदूषण के कारण प्रकृति का सन्तुलन बिगड़ जाता है। एक निश्चित सीमा के बाद प्रकृति स्वयं सन्तुलन बनाती है। इसीलिये बाढ़, भूकम्प, महामारियाँ आदि आती है। अतः हमें हर हाल में पर्यावरण की रक्षा करनी चाहिए।

तीसरी आँख

(स्वामी जी का काफिला चलते-चलते कानपुर नगर में पहुँच जाता है। वहीं पड़ाव डाला जाता है। दूसरे दिन स्वामी जी सभी के साथ शहर घूमने जाते हैं।)

दृश्य – एक

(कानपुर महानगर के एक चौराहे पर मदारी का तमाशा चल रहा है। मदारी डुगडुगी बजा रहा है। साहबान, मेहरवान, कद्रदान आइये नया तमाशा देखिये। जवान जमूरे की कलावाजियाँ देखिये, जवानी की बहार देखिये। आइये, आइये नहीं तो पछिताइयेगा। काफी भीड़ इकट्ठा हो चुकी है। जमूरा अपनी विभिन्न हरकतों से भीड़ को अपनी ओर खींचे हुए है। कभी कूल्हे मटकाता है, कभी डफली बजाने लगता है, कभी बांसुरी में धुन बजाता है, मेरा मन डोले, तेरा तन डोले, मन तो हुआ बेकरार रे, कौन बजाए बांसुरिया। कभी छम-छम करते नाचता है। भीड़ खुब हंस रही है। मनोरंजन अपनी चरम सीमा पर है। अचानक जमूरा चीखता है। भय से कांपता है और अपनी हरकतें बन्द कर देता है। खेल रुक जाता है। भीड़ में सन्नाटा छा जाता है।)

मदारी - क्यों बेटे जमूरे?

जमूरा - हाँ उस्ताद।

मदारी - भई, खेल क्यों बन्द कर दिया? जनता जो खड़ी है, हमें मारेगी।

जमूरा - उस्ताद, मेरी तीसरी आँख खुल गई है, और मैं बड़े डरावने दृश्य देख रहा हूँ, जो जनता की मार से भी भयानक हैं।

मदारी - जमूरे क्या वे भयानक दृश्य जो तुम अपनी तीसरी आँख से देख रहे हो, हमें भी बताओगे?

जमूरा - नहीं उस्ताद। जनता उनको सुन नहीं सकेगी। और जनता के पास सच सुनने का समय भी तो नहीं है।

भीड़ में से एक - नहीं, नहीं। हम सुनना चाहते हैं। जमूरे तुम बिना डर के सब कुछ सुनाओ। जो तुम तीसरी आँख से देख रहे हो।

जमूरा - तो उस्ताद सुना दूँ।

मदारी - हाँ जमूरे, सुनाओ। फिर जो होगा, देखा जाएगा।

जमूरा - उस्ताद मैं देख रहा हूँ कि जंगल में दो हरे पेड़ आपस में बातें कर रहे हैं।

मदारी - जमूरे क्यों मजाक कर रहे हो। पेड़ कहीं बोलते हैं।

जमूरा - मैं तो पहले ही कह रहा था उस्ताद कि सच नहीं सुनोगे।

मदारी - अच्छा चलो मान लिया, लेकिन यह तो बताओ कि पेड़ क्या बातें कर रहे हैं?

जमूरा - उस्ताद वे कह रहे हैं कि आदमियों ने हमारे सभी साथी धीरे-धीरे काट दिये हैं। नये साथी लगाये नहीं गये। अब हम गन्दी हवा को शुद्ध करते-करते थक गये हैं। हमारा बुढ़ापा भी आ गया है। भगवान हमें तो जल्दी से उठा ले, और जिसने यह गन्दी हवा फैलायी है, वह खुद गन्दी हवा में सांस ले।

मदारी - जमूरे यह तो बड़ी खतरनाक जानकारी है, मेरी सांस तो अभी से रुक रही है।

जमूरा - उस्ताद, अभी मैं कुछ और भी देख रहा हूँ।

मदारी - वह क्या है जमूरे?

जमूरा - उस्ताद, सुन्दरवन में जंगली पशु-पक्षियों की सभा हो रही है। सभा में एक प्रस्ताव पास हो रहा है। पशुओं का कहना है कि आदमियों ने सारे जंगल साफ कर दिये हैं। अब न हमारे रहने की जगह रह गई है, न खाने के लिए फल-फूल। अब हम सब गाँवों और शहरों की ओर चलें और आदमियों को ही भोजन बनाएं। पक्षियों ने भी आकाश में उड़ने से इन्कार कर दिया है, कहते हैं कि आकाश में इतना धुंआ है कि सांस भी नहीं ली जाती।

मदारी - तो जमूरा अब क्या होगा?

जमूरा - उस्ताद, अभी तो और कुछ भी दिख रहा है।

मदारी - वह क्या है जमूरा?

जमूरा - गंगा नदी में जलचरों की एक सभा हो रही है। वे कह रहे हैं कि अब हम पानी की गन्दगी कहाँ तक साफ करें, क्योंकि अब पानी आता ही नहीं। मल-मूत्र और कचरा ही कचरा आता है। वे सब भगवान से प्रार्थना कर रहे हैं कि भगवान उन्हें अपने पास बुला ले, और कचरे का पानी अब आदमी स्वयं पियें।

मदारी - जमूरे, मुझे तो आने वाले कल से डर लग रहा है।

जमूरा - उस्ताद, एक दृश्य और देखो। हमारी धरती माँ ब्रह्मा जी से अपना दुखड़ा रो रही है। कहती है, हे-भगवन आदमियों ने इतनी आबादी बढ़ा दी है। मैं अब भार नहीं उठा पा रही हूँ। और दर्द से कराह रही हूँ। कहती हैं, कि तुम्हारे आदमी नामक पुतले ने सब कुछ भुला दिया है, वह विकास के नाम पर संसार के पर्यावरण को नष्ट करने पर तुला हुआ है। उस पुतले को सद्बुद्धि दो, नहीं तो संसार का विनाश हो जाएगा।

मदारी - जमूरे, क्या तुम केवल विनाश ही विनाश देख रहे हो ?

जमूरा - नहीं उस्ताद। एक जगह एक महात्मा जी अपने शिष्यों को चेतावनी और उपदेश दे रहे हैं।

मदारी - जमूरे, वह भी हम लोगों को सुनाओ –

[एक ऋषि अपने आश्रम में शिष्यों के साथ बैठे हैं, और वार्तालाप कर रहे हैं।]

शिष्य - गुरुदेव, यह पर्यावरण क्या होता है?

ऋषि - सुनो, सुनो।

"जल ही जीवन, वायु प्राण है, वसुन्धरा आधारा,
तेज पुंज के बिना जगत में फैलेगा अंधियारा।
नील गगन में उड़ते पंछी लीन्हे बिना सहारा,
प्रकृति जीव का सहज सन्तुलन पर्यावरण हमारा।"

शिष्य - लेकिन गुरुदेव! प्रदूषण के प्रभाव तो हमें दिखाई नहीं देते।

ऋषि - पुत्रो, क्या तुम बता सकते हो?

"कहाँ गई जल की निर्मलता, कहाँ गई नभ की लाली।
कहाँ गये खग मृग वनवासी, आज धरा क्यों काली काली।"
और जानते हो मानव ने जाने अनजाने क्या किया है?
"नदियों की शीतलता छीनी, धरती की हरियाली।
सूरज की किरणों को रोका, हवा हो गई काली।।
बढ़ता जन करता कोलाहल, लेकिन मानव मस्त है।
नहीं जानता मानव खुद ही, धरती कितनी त्रस्त है।।"

शिष्य - लेकिन गुरुदेव मानव तो जितने काम कर रहा है उन्हें वह विकास कहता है।

ऋषि - सभी रास्ते जो विकास के, सबका एक किनारा,
सुख सुविधा से रहें धरा पर, अन्तिम ध्येय हमारा।

फिर क्यों दूषित करें प्रकृति को, जिसका हमें सहारा,

आज नहीं चेतेंगे यदि हम, फिर कल नहीं हमारा।।

शिष्य - गुरुदेव हम तो समझ गये, लेकिन हम जनता के बीच में जाकर उन्हें क्या बतायें?

ऋषि - कौन नहीं कहता मानव से, करते रहो विकास,

लेकिन दूषित मत होने दो, धरती, जल, आकाश।
कर लो आज प्रतिज्ञा इतनी, मन में रख विश्वास,
बहुत हो चुका अब न करेंगे, आगे और विनाश।।

मदारी - जमूरे, स्वामी जी ने तो बहुत अच्छी बात बताई। आओ हम दोनों भी प्रतिज्ञा कर लें। शायद आने वाले कल की प्रलय से बच जाएं।

भीड़ की आवाज - शाबास जमूरे, तुमने तो हमारी भी तीसरी आँख खोल दी। तुम्हारे साथ हम भी प्रतिज्ञा कर रहे हैं।

"हम सब मिलकर कर रहे प्रतिज्ञा,
मन में रख विश्वास।
बहुत हो चुका अब न करेंगे,
आगे और विनाश।।"

मदारी - भीड़ के सामने अपनी चद्दर फैला देता है।

जमूरा - हाथ जोड़ कर, भीड़ से कहता है।

पापी पेट का सवाल है बाबा।

जनता ने मदारी के चद्दर में भरपूर पैसे फेंके और "बहुत हो चुका, अब न करेंगे आगे और विनाश" को गुनगुनाते चली जाती है। स्वामी जी भी साथियों के साथ पड़ाव में आ जाते हैं।

सबक : इस कहानी से हमें सीख मिलती है कि अब हमें प्रदूषण रहित विकास चाहिए क्योंकि प्रदूषण सहित विकास, विकास नहीं विनाश कहा जाएगा।

प्रश्नोत्तरी

यह पुस्तक पढ़कर आपने क्या सीखा? यह जानने के लिए नीचे दिए गए प्रश्न पढ़ें और सही उत्तर के सामने के खाने में सही का निशान ☑ लगाएँ। सारे उत्तर सही होने पर आपको पुरस्कार में मिलेगी ऐसी ही कोई अन्य पुस्तक, जिसके लिए आपको अपने नाम और पते सहित अपने उत्तर हमें इस पते पर भेजने होंगे : मुख्य संपादक, हिन्द पॉकेट बुक्स, ई-14, सेक्टर-11, नोएडा-201301

1. हमारे गाँव इस समय कैसे हैं?

   1. तरक्की के रास्ते पर। ☐
   2. अंधविश्वासों और सड़ी-गली मान्यताओं से ग्रस्त। ☐
   3. रोजगार से भरपूर। ☐
   4. आदर्श जीवन बिताने वाले। ☐

2. गाँवों में बाल-विवाह क्यों होते हैं?

   1. छोटी उम्र में विवाह होने से बच्चे अपनी जिम्मेदारी जल्दी समझ जाते हैं। ☐
   2. छोटी उम्र में विवाह होने से संतान हृष्ट-पुष्ट होती है। ☐
   3. छोटी उम्र में विवाह होने से बहू और सास के बच्चे एक-साथ होते हैं, जिससे खर्चा बचता है। ☐
   4. गाँववाले कन्या को बोझ समझते हैं और उसे सिर से जल्दी उतार देना चाहते हैं। ☐

3. स्वामी जी बाल-विवाह करने वाले जमींदारों को गाँव के बाहर सैर पर क्यों ले जाते हैं?

   1. क्योंकि सैर करने से स्वास्थ्य बनता है। ☐

2. ताकि कोई यह न कह सके कि ये लोग घूमने पर होने वाले खर्चे से बचते हैं। ☐

3. क्योंकि घूमने से लोगों को रोजगार मिलता है। ☐

4. गाँववालों को बाहर दुनिया में व्याप्त ज्ञान से परिचित कराने के लिए, ताकि वे बाल-विवाह और दहेज जैसी कुरीतियों से बच सकें। ☐

4. गाँववाले ज्यादा बच्चे क्यों पैदा करते हैं?

1. जितने ज्यादा बच्चे पैदा होंगे, माँ-बाप की उतनी ज्यादा सेवा करेंगे। ☐

2. ज्यादा बच्चे पैदा होने से घर में लगातार शोर-शराबा होता रहता है, जिससे भूत नहीं आते। ☐

3. ज्यादा बच्चे पैदा होने से उनके खेलने में दूसरे बच्चों पर निर्भर नहीं रहना पड़ता ☐

4. वे बच्चों को भगवान की देन मानते हैं। ☐

5. तहसीलदार गाँववालों को ज्यादा बच्चे पैदा करने के खिलाफ क्या तर्क देता है?

1. ज्यादा बच्चे होने से जमीन को उनमें बाँटने के लिए उसके ज्यादा टुकड़े करने पड़ेंगे जिससे खेती की पैदावार घटेगी। ☐

2. अर्थी उठाने के लिए सिर्फ चार आदमियों की ही जरूरत पड़ती है। ☐

3. ज्यादा बच्चे ज्यादा कमाएँगे तो खाएँगे भी तो ज्यादा। ☐

4. ज्यादा बच्चे होने से उन्हें गिनना कठिन हो जाता है। ☐

6. जिस पागल को 'जंगल लव' हो जाता है, वह इसका क्या कारण बताता है?

1. जंगल में लगे पेड़-पौधों से प्यार। ☐

3. जंगली जानवरों से प्यार। ☐

3. जंगली सरी-सृपों से प्यार। ☐

4. जंगल में रहने वाले भूतों से प्यार। ☐

7. जलपरी का क्या अपराध था?

1. जल-प्रदूषण करने वाले कारखानों का समर्थन करना। ☐

2. जल-प्रदूषण के कारण मरने वाली मछलियों को खाना। ☐

3. मरी हुई मछलियों को वापस नदी के पानी में डालना। ☐

4. प्रदूषण के खिलाफ आवाज उठाना। ☐

8. 'पता नहीं' नाम और रोग वाले पागल को क्यों पकड़कर लाया गया था?

1. उसने पहाड़ों की अवैध खुदाई की थी। ☐

2. उसे अपना नाम-पता मालूम नहीं था। ☐

3. उसने पहाड़ों की अवैध खुदाई का विरोध किया था। ☐

4. उसने पहाड़ों पर घर बना लिया था और वहाँ से जाना नहीं चाहता था। ☐

9. कार से ज्यादा धुआँ निकलने से कौन-सा प्रदूषण होता है?

1. ध्वनि-प्रदूषण। ☐

3. वायु-प्रदूषण। ☐

4. जल-प्रदूषण। ☐

4. तेल-प्रदूषण। ☐

10. अँधेरा भगाने का सबसे कारगर तरीका क्या है?

1. दिया आदि जलाकर रोशनी करना। ☐

2. घर के अँधेरे को फावड़े से उठाकर बाहर फेंकना। ☐

3. दूसरे के घर में भी अँधेरा कर आना। ☐

4. अँधेरे में आँखें फाड़-फाड़कर देखना। ☐